KB027818

김성년 유고시집

누군들 저 하늘만은 빼앗아가지 못하리라

국립중앙도서관 출판시도서목록(CIP)

누군들 저 하늘만은 빼앗아가지 못하리라 : 김성년 유고시집 /
지은이 : 김성년. -- 서울 : 한누리미디어, 2016
p. ; cm

ISBN 978-89-7969-718-6 03810 : ₩9000

한국 현대시 [韓國 現代詩]

811.7-KDC6
895.715-DDC23 CIP2016008074

누군들 저 하늘만은 빼앗아가지 못하리라

김성년 유고시집

한누리미디어

추모의 글

사랑하는 아버지…

어릴 적 아버지와 널따란 잔디밭에 나란히 누워
파랗고 맑은 하늘을 바라보던 두 딸은 기억합니다.

아버지가 얼마나 사랑이 많은 분이셨는지…
아버지가 얼마나 마음이 맑은 분이셨는지…

가끔은 아련히…
또 가끔은 또렷이…
문득문득 아버지를 떠올립니다.

산다는 것은 희망이라고
삶의 모퉁이 모퉁이에서도
항상 긍정적으로 살다 보면
고난마저도 아름답게 무르익어
영롱한 열매들을 거둘 수 있을 것이라고

아련하게 잡힐 듯 말 듯한 시어들을 모아
바람결에 묻어오는 이름 모를 꽃향기처럼
은은하고 섬세하게 풀어내시던 아버지

성실하게 최선을 다해 노력했으면 그뿐이라고
최선을 다했다고 인정할 수 있으면 된다고
실패하면 잠시 쉬며 다른 길을 찾아가면 된다고
느리더라도 착실하게 살아가라 하시던 아버지

장애를 가지고 태어나
제대로 걸을 수 없을 것만 같았던 큰 딸
간절하게 부르짖었던 사랑의 기도는
기적처럼 치유와 회복이 되고

인정이 많아
사람들에게 나누어주기를 좋아하던 둘째 딸
꽃을 닮은 선한 사람으로 자라라던 기도는
바람처럼 선하게 흘러가고

장난꾸러기 손자 셋
폴짝폴짝 이리저리 뒹구르고 뛰어놀면
개구쟁이 아이처럼 함께 놀아주시던 외할아버지

철없는 아이들이지만
보고 싶다 보고 싶다 외할아버지 보고 싶다
가꾸시던 땅에서 마음껏 뛰어놀고
채소며 나무열매며 심어 보고 거둬 보고
개천에서 물고기 잡고 물놀이도 하며
우리가 하고 싶은 거 다 해 보라 하셨는데

외할아버지 하늘나라 가셔서 슬프다 슬프다
잠자리에 들기 전 아이들은 눈물을 훔칩니다.

가르쳐 주셨던 지혜를 기억합니다.
나누어 주셨던 사랑을 되새깁니다.
험한 길에서는 한 발짝 앞에서 끌어주시고
쉬운 길에서는 한 발짝 뒤에서 칭찬해 주시며
그렇게 함께 걸어주셨던 아버지
참으로 감사합니다.
참으로 존경합니다.

언제나 바라보시던 맑은 하늘
그 하늘 어딘가에서 안겨
아름답고 따스한 시어들을
한 송이 한 송이 예쁜 꽃으로 가꾸어
맑은 향기로 따스한 온기로
바람결 통해 보내고 계실 아버지

아버지를
사랑합니다.
또… 사랑합니다.
그리고… 사랑합니다.

2016년 3월 길일

딸 김진, 김샘 올림

추모의 글 · 9
발문/ 피안과 차안을 공유한 영원한 님 바라기 _ **김재엽** · 123

1부
누군가 좋은 사람을 그리워하며

16 … 내가 떠나는 날
18 … 각시와 나
19 … 버려도 좋을 목숨 하나
20 … 강 하나 사이에 두고
22 … 다시 만나 사랑하게 하소서
23 … 잠시 들렀다 갑니다
24 … 가슴 따순 이야기 나누며
26 … 나는 보았네
28 … 당신을 가까이 하기에는
29 … 너는 나를 잊고 말았느냐
30 … 세월의 여울목에서
31 … 어쩌면 나도 너처럼
32 … 눈물로 슬퍼하지 않게 하소서
33 … 하루에 한 번쯤은
34 … 그냥 혼자 말없이 떠나시구려
36 … 세상길에서
37 … 당신 곁에서 당신을 바라보며
38 … 조금만 더 기다려 주세요

CONTENTS

스스로 세상을 버리는 일이 없도록 … 39
새로운 시작을 위하여 … 40
세월 가면 … 41
누군가 좋은 사람을 그리워하며 … 42
마음에 간절한 소망 하나 … 44
기다림이 있어서 좋다 … 45
민족의 하나 됨을 위하여 … 46
사랑의 빵을 나누며 … 48
새로운 삶을 위하여 … 50
내 생명나무의 연약한 실뿌리 … 52
내가 무엇을 염려하였던가 … 53
우리에게 있는 모든 것들을 … 54

2부
나는 다만 시의 길을 걸었을 뿐

산다는 것은 목마름 … 56
징검다리 … 58
누구의 아픔이더냐 … 59
바람의 가지 끝에 매달려 … 60

61 … 그것은 바람의 이야기
62 … 가슴 따슨 사랑으로
63 … 가슴에 향기 가득
64 … 당신을 사랑하는 마음
65 … 눈길을 따라
66 … 희망의 가슴으로
67 … 나는 다만 시의 길을 걸었을 뿐
68 … 내 가슴 뜨락에
69 … 오늘처럼 기분 좋은 날
70 … 꽃잎 하나
71 … 내 그리운 사람이
72 … 어찌하여 나는 너를 떠나지 못하는가
74 … 서빈백사
76 … 불나비
78 … 야외공연장
79 … 인연
80 … 우리가 바라는 것은
81 … 평온한 들길을 따라
82 … 시의 하늘 아래서
83 … 새로운 시작을 위하여

CONTENTS

3부
한 생각 한 호흡 머물렀던 자리에

한 생각 한 호흡 머물렀던 자리에 … 84
내 가엾은 눈물의 시간들 … 86
나는 그 길을 걸었다 … 88
목련 … 89
그대 누구인가 … 90
들꽃 한 송이 꽂아 놓고 … 91
나를 버리지 마십시오 … 92
그대 누구였던가 … 93
내 가난한 영혼의 뜨락에 … 94
나는 오늘도 어제처럼 … 95
가난한 내 영혼의 몸부림 … 96
살아가야 하는 이유 … 97
기도의 시간들 … 98
누군들 저 하늘만은 빼앗아가지 못하리라 … 99
마음을 비우면 … 100
눈물짓는 한숨 곁에서 … 101
어둔 밤길에서 … 102
당신 곁으로 돌아갑니다 … 103

104 … 허공 속의 꽃
105 … 가까이 더 가까이
106 … 나 다시 돌아가리라
107 … 평화의 깃발을
108 … 사랑의 주인이시여
110 … 우리가 나누지 못했던 사랑을
112 … 오직 하나의 기다림
113 … 아! 나는 무슨 까닭으로
114 … 선한 열매를 얻기 위하여
116 … 길이 있어 길을 걸었습니다
117 … 내 마음 허공이어라
118 … 길을 걷고 있는 까닭입니다
120 … 갇힌 자의 자유

1부

누군가 좋은 사람을 그리워하며

내가 떠나는 날

내가 떠나는 날
마지막 볼 수 있는 얼굴이 당신이기를
내 뺨에 흐르는 두 눈물을 닦아주고
나를 안고 슬피 울어줄 사람도 당신이기를

그리고
마지막 잡아보는 손이 당신이기를

아!
그리고
이별을 아쉬워하며
내가 떠나는 길을 쓸쓸하게 바라보며
오랫동안 그 자리에 서서 슬퍼할 사람도 당신이기를

그리하여
우리 사랑
더 오랜 세월 흐른 다음까지도
내가 다시 보고 싶은 얼굴이 당신이기를
내가 다시 만나야 할 사람도 당신이기를

아!
그리하여
우리 인연 죽어서도
영원히 함께 가야 할 사랑하는 사람이
오직 한 분 당신뿐이기를……

각시와 나

내 예쁜 각시의 머리칼을
실개천에 떠 있는
뭉게구름에 곱게 감겨

봄바람 향긋한
버들가지에 말려

각시와 나
손에 손잡고
정겹게 논둑길 밭둑길을

자박자박 걸어 걸어서
양지마을 꿈동산에 이르러
천도복숭아 그늘 아래서

내 예쁜 각시와 나란히 누워
나는 내 예쁜 각시의
고운 머리칼을 바라보며
결결이 고운 마음결을
쓰다듬어주고 비벼도 보며
사랑노래 부른다

버려도 좋을 목숨 하나

임이여
잊을 수 없는 당신을
어찌하여야 합니까

나는 이미 병을 앓고 말았습니다
남아있는 것은 타다 남은 잿빛 가슴
버려도 좋을 목숨 하나 있습니다

이마저 당신 것이오니
마저 가져가십시오

그리하여
나에게 남은 것은 오직 하나
어딘들 임과 함께 있으면 좋을
그런 사람 하나
오직 그 하나만의 이름으로
당신의 따순 사랑 곁에서
내가 내 안에 당신을 안고 그렇게
그렇게만 살아가게 하소서

나는 언제라도 버려도 좋을 당신의 목숨이었기에……

강 하나 사이에 두고

내 임 사시는 곳
어디냐고 물으시면
강나루에 피고 지는 저녁노을이라고

오늘도 어제처럼
오지 않는 임을 두고
기다림에 지친 조각배 하나
차가운 강바람에 더더욱 쓸쓸합니다

강 하나
사이에 두고
오지 않는 당신을

이제 더는 기다리지 않으렵니다
이제 더는 아파하지 않으렵니다
하면서도
오늘도 저녁노을을 바라보며
쓸쓸히 살았습니다

임이여 어찌하여야 합니까
강 하나 사이에 두고 만날 수 없는 저녁노을을

바라만보고 서있는 나를 어찌하여야 합니까

지워버릴 수 없는
저, 저녁노을을 어찌하여야만 합니까

다시 만나 사랑하게 하소서

돌아오게 하소서
다시 한 번 돌아오게 하소서

내게 무슨 잘못이 있었습니까
용서하여 잊으시고
다시 한 번 당신의 가슴에서
새롭게 눈뜨게 하소서

안 된다는 말씀만은 거두어 주시고
순수한 마음으로 다시 한 번
돌아와서 마주보게 하소서

그리하여
단 한 번만이라도
다시 사랑하게 하소서

오늘 하루도 당신 생각에
눈 시리도록 못 잊는 그리움 하나
가슴에 새겨두고 무심한 하루해는
또 그렇게 저물고 말았습니다

잠시 들렀다 갑니다

잠시
들렀다 갑니다
다시 오겠다는 약속은 못 드리지만
때로는 당신이 그리울 것입니다

지금 내가 당신을
만나지 못하고 떠나는 심정이
몹시도 가슴 아픕니다

지난날
우리가 서로 바라보고 함께 했던 시간이
너무나 짧았다는 것을 생각하게 되었습니다
행여 훗날
내가 다시 당신을 찾아 왔을 때에는
당신을 만날 수 있었으면 합니다
그때는 당신의 모습도 많이 변해 있겠지요

그래도 우리가 서로 알아볼 수 있기를 바랍니다

가슴 따순 이야기 나누며

지난 세월
돌이켜 보면 참으로 힘들었습니다
얽히고설키며 무너지고 추락하는
불안한 세상 속에서 그렇게 살았습니다

지금은 아득히 먼 시간의 저편으로
흘러가 버린 우울했던 지난 이야기
마음 자락 끝자리에 아픈 상처들을
간직하며 그렇게 살아야 했습니다

나 어디에 있었던가
누구와 가까운 거리에서
가슴 깊은 이야기 나누며
아픈 눈물을 위로해 주었던가
소홀했던 지난날들이
또 그렇게 흘러가 버렸습니다

이제는 뒤돌아 보지 말아야지
후회는 누구에게나 있는 것이라고
앞으로 새 마음에 새 옷을 갈아입고
내일을 향하여 선한 삶을 찾아 노력해야지

마음자락 빈터에 소망의 씨앗을 묻고
우리들 삶터가 사랑의 열매로 가득할 수 있도록

나는 보았네

한 해 두 해
세월 흘러 흘러

인생의
이끼들이
혈관을 돌고 돌면서
그 모퉁이마다 주름진 상처를 남기고
거울에 비추어진 어느 낯선 얼굴
노인이었다

누구인가
나도 모르게
내 얼굴에 조금씩
가는 선을 그어 주름살을 만들어 가고 있었다는 것을
서럽다 흐르는 세월이여 노인이여

나는 보았네
내 몸에 너덜너덜 기운 삼베옷을 걸치고
누런 꽃 피어있는 초라한 나의 얼굴을

그대
노인이여
어느 날 문득 늦은 가을 강가에서
저문 햇살에 기대어 황혼에 손을 내밀 때
그대 인생이여 내가 너의 세월에 갇혀
너무나 힘겹게 살았다는 것을

당신을 가까이 하기에는

가을창가에
떠오르는 얼굴이 있습니다
그 얼굴 위로 번지는 추억들이
나를 찾아와 스며듭니다

나에게 철없다 하시며
함께 살아갈 수 없다 하셨던 당신
내가 당신께 가까이 다가갈수록
당신께서는 나를 더욱 멀리할 것이라는
그런 생각으로 나는 마음에 병을 앓고 있었습니다
이런저런 생각들로 괴로운 밤을 나는 어찌하여야 옳습니까
이런 바보 같은 나를 어찌하여야 합니까

당신을 가까이 하기에는
너무나 머나먼 당신
다시 열리지 않을 것만 같은 마음의 창을
그래도 돌아서지 않고
언제까지 두들기고 있어야만 합니까
창가에 낙엽이 지고 있습니다
가슴 깊은 곳에 남아있는 그리움이 하나 둘 낙엽 되어
가을산 끝자락, 석양빛에 젖어들고 있습니다

너는 나를 잊고 말았느냐

너는 나를 잊고 말았느냐
나는 너를 잊을 수 없다
내 어릴 적 수줍던 소녀야
바람에 흩날리던 긴 머리칼
허전하게 돌아서던 너의 뒷모습을
그것은 이별이 아니었어
잠시 헤어져 있을 뿐이라고
나는 아직도 너를 잊지 못한다

내 어릴 적 사랑했던 소녀야
어디선가 다시 만날 것만 같은
내 가슴 안뜰에 피어 있는
시들지 않는 한 송이 어여쁘신 꽃
정녕 너는 나를 잊고 말았느냐
나는 아직 너를 잊지 못하였다

행여 너와 내가 어디선가 다시 만날 수 있다면
그 화사했던 봄날의 실개천으로 달려가
나는 너를 포근히 안아주련만
내 어릴 적 첫사랑 소녀야
지금은 어느 하늘 아래서 행복하게 살고 있느냐

세월의 여울목에서

그대
잘 가거라
붙잡을 수 없는 인연이여
우리 이제는 헤어져야 할 시각이다

그대
무정했던 여인이여
우리는 우리에게 주어진 날들을
소홀히 생각하지 않았어야 했다

우리가 언제 서로 마음 따뜻한 사랑 한 번 나누며
행복한 시간이 있었던가
이제는 되돌아 갈 수 없는 세월의 여울목에
켜켜이 쌓여있는 회환의 아픈 가슴을
그대여 어쩌란 말이냐
다시 돌이켜 다가갈 수 없는 그대
나의 사랑했던 여인이여

어쩌면 나도 너처럼

선 채로 자리에서 무릎을 떨구고 고개 숙인다
가슴아 가슴아 내 가슴아 죽이고 싶도록 미운 가슴아
어설피 달려온 세월에게 실망을 안겨주어 미안타 말하고
가슴아 가슴아 울고 있는 가슴아
다시 내가 힘을 얻어 힘차게 일어설 수 있기를 바란다

가슴아 가슴아
이제 미움 한 자락 내려놓으며
다시는 너를 미워하지 않기로 하였다

어쩌면 나도 너처럼
선 채로 한 그루의 이름 없는 나무가 되어
왔던 길을 되돌아보아도
다시는 그곳으로 돌아갈 수 없는 지나온 길
그 길은 나 혼자만이 걸었던 외로운 길이었다

혼자서 처량하게 뚜벅뚜벅 걸었던 길
가슴아 가슴아 쓰린 가슴아
아직도 너는 울고 있느냐
외롭고 차가운 겨울바람 겨울 가슴아

눈물로 슬퍼하지 않게 하소서

내가 그녀를 사랑하였습니다
그리하여 행여나 어느 날
그녀에게 돌을 던질 날이 온다면
오직 나를 향해 그 돌을 던지십시오
그에게는 아무런 잘못이 없습니다
철없는 그가 나를 따랐을 뿐
내가 그 마음을 흔들어 사랑에 눈멀게 하였고
돌아서는 길마저 막았습니다
오직 내 탓으로만 돌려주시고
그에게는 무거운 짐을 지우지 마십시오
사랑하는 그녀가 나를 원망하며 후회하는 일이 있을지라도
그 어떤 나쁜 생각들로 그녀가 남은 날들을
눈물로 슬퍼하지 않게 하소서
그리하여 한세상 흐른 먼 훗날
우리가 다시 서로를 찾아 세상길에 오는 날
우리가 머물 집을 쉽게 찾을 수 있도록
우리가 좋아했던 라일락 꽃나무를 찾아
그 꽃나무 그늘 아래서 기다리게 하소서
그리하여 우리가 다시 뜨거운 사랑의 가슴으로 만나
서로 의지하며 라일락 향기 더불어 다시 사랑하게 하소서
영원히 사랑하게 하소서

하루에 한 번쯤은

하루에 한 번쯤은
사랑하자 사랑하자
내가 내 가슴을 사랑으로 껴안아주자

하루에 한 번쯤은
내 스스로 내 가슴에 안겨
가슴을 가슴으로 사랑하자
가슴 혼자 외로워
집을 나가 쓸쓸히 방황하지 않도록

하루에 한 번쯤은
내 가슴에 기대자
세상길 뛰고 뛰면서
힘들어 있을 내 가슴에게
넘어지지 말고 살아가자고 약속하자

그냥 혼자 말없이 떠나시구려

어이하여
당신은
날더러 자꾸만 잊어 달라 하십니까
나를 잊으시려거든
그냥 말없이 혼자 떠나시구려
나는 당신의 뒷모습을 보지 않겠습니다

그러나
당신은 나를 버리고 멀리 떠났다 하더라도
나는 결코 당신을 잊고 살아갈 자신이 없습니다
세상 것 다 잊고 또 잊는다 하여도
당신만은 잊을 수 없습니다

그러니
가시려거든
그냥 혼자 말없이 가시구려
그러나 임이여
당신을 사랑했던 마음만은
그 어디에다 숨길 수가 없습니다
그 어디에다 내려놓을 수도 없습니다

임이여
당신이 정녕 나를 잊고 떠나시려거든
그냥 혼자 말없이 떠나시구려
나는 당신의 뒷모습을 보지 않겠습니다

세상길에서

세상길에서
어딘가 믿을 수 있는 사람
그런 사람을 나는 아직
만나지 못하였습니다

이 세상
떠나기 전
오직 한 사람
너와 내가 하나 되어
서로 믿고 의지할 수 있는 사람
그런 좋은 사람을 만나 다시 한 순간만이라도
정겹게 살아보고 싶습니다

당신 곁에서 당신을 바라보며

나는
당신의
한 남자였습니다

임이여
차마 나를 잊었다고는
말하지 마십시오

나는 오늘도
고요한 밤바다를
당신의 그림자와 함께 걷고 있습니다

임이여
사랑했던 임이여
이제라도 다시 한 번 만날 수만 있다면

나
항상
당신 곁에서
당신을 바라보며
당신께서 하시는 일을 도와주며
당신께서 가시는 길을 따르겠습니다

조금만 더 기다려 주세요

조금만 더 기다려 주세요
자유와 평화에 대하여
전쟁과 공포에 대하여
우리 아이들은 모르고 있어요
아직 우리 아이들에겐 보호자가 필요해요
우리의 아가들이 마음 편안하게 살기엔
아직은 불안해요

조금만 더 기다려 주세요
우리의 아가들이 알아야 할 것과 지켜야 할 것을
스스로 구별하여 알 수 있을 때까지는

조금만 더 기다려 주세요
우리의 아가들이 평화의 하늘 아래
잔잔한 시냇가에서
아무런 염려 없이 달음박질하며
즐겁게 뛰어놀 수 있을 때까지는
조금만 더 기다려 주세요

스스로 세상을 버리는 일이 없도록

한세월 산다는 것은
두렵고 험난한 인생길이었다
그러니 살기 힘들다고
스스로 세상을 버리는 일이 없도록
가는 길이 힘들다고 가던 길을 멈춰서는 일이 없도록
이런저런 길을 걷다 보면 어딘가에 희망의 등불도 있을 거라고
그러니 살아서 꼭 살아서 세상길을 걸어가야 한다고
그러니 살아서 꼭 살아서 힘들고 외롭지만
세상길을 걸어가야 한다고
겨울 창가에 한 송이 눈물꽃이 지고 있다
그대 참으로 외로운 길 외로운 시간을 살았구나

새로운 시작을 위하여

돌이켜 보면
지난날은 외로웠네
질긴 목숨 하나
어디에도 위로받지 못하고
그저 그렇게 혼자서 살았네

나 그 동안 어디에 있었던가
나 그 동안 무엇을 하였던가

누구에게나 인생길은 힘겨운 것이라고
지난날 아픈 상처의 흔적일랑
이제는 모두 다 지워 버리자 뒤돌아 보지 말자

내가 잠시 실패했을지라도
일어설 용기를 잃지 않았어야 했었다
참으로 소중한 것은
어제가 아니고 바로 오늘이라는 것을
내가 지금 살아 있으므로
보다 더 확실하게 하여야 할 일이 남아있으므로
새로운 삶 새로운 시작을 위하여
희망의 새 아침 동녘의 햇살을 맞이해야 한다

세월 가면

그래그래
어느 햇빛 따순 양지 밭에 편히 드러누워
한 번쯤 단 한 번쯤은 나도 행복하게 살았노라고
하늘을 향해 소리쳐 보고 싶지만
아직은 그러한 행복을 만나지 못하였으니
어쩌란 말이냐 나는 어쩌란 말이냐
가을아 가을아

아~ 아 시들어 가는 가을나무처럼
싸늘하게 식어버린 내 가슴에
겹겹이 겹겹이 쌓이는 낙엽을
어쩌란 말이냐 나는 어쩌란 말이냐
지금의 내 처지가
참으로 미웁고 가엾구나

가을아 가을아
어쩌란 말이냐 나는 어쩌란 말이냐
휘몰아치는 차가운 가을 바람소리를
나 혼자서 어이하란 말이냐

쓸쓸한 가을창가에 한적히 눈물꽃이 지고 있구나

누군가 좋은 사람을 그리워하며

고난의 세월
마음 아파하며
불행했던 지난날들
무슨 즐거움이 있었겠습니까

그러나
세상 욕심 버리고
날마다 깨어 살면서

깨끗한 마음자리에 맑고 고운 영혼 하나
고이 간직하고 싶었습니다

그리하여
나의 아침시간은 간절한 기도로 시작하여
누군가 좋은 사람을 만나고
누군가의 좋은 이웃 되어 살아갈 수 있기를

언제나
희망찬 가슴으로
우리 모두가 행복하기 위하여
잠겼던 마음의 창문을 열고

기도하고 싶습니다

발자국 자국마다 사랑의 물결이 넘치고
나누고 나누어도 부족함이 없는
풍성한 사랑의 열매를 나누기 위하여

마음에 간절한 소망 하나

마음에 간절한 소망 하나 있습니다
갈라진 산맥이 이어진
새로운 역사의 시작을 위하여

우리는 언제까지 고민하며 기다려야 합니까
우리는 언제까지 가슴 겹겹이 외로워야 합니까

나는 보았습니다
3.8선의 처연한 몸부림
철조망 사이사이에 배어있는
마디마디 시린 국군병사의 목울음소리를

마음에 간절한 소망 하나 있습니다
갈라진 민족이 하나 되어
우리가 서로 얼싸안고
통일의 노래를 부르기 위하여

그리하여
우리의 형제가
다시는 서로 떨어져 외롭지 않기 위하여

기다림이 있어서 좋다

기다림이 있어서 좋다
그가 나를 버리고 떠났다 하여도
나는 그를 떠올리며
그녀를 생각할 수 있다는 것만으로 행복하다
언제 다시 돌아오리라는 말도
언제 다시 만나자는 약속도 없었지만

그저
그립고 그리운
기다림이 있어서 좋다
바람 부는 날이면 더욱 좋다
내 마음을 그대에게 쉽게 전할 수 있으므로
낙엽 지는 어느 가을날이면 더욱 좋다
내 마음 쓸쓸할수록
그대에게 더욱 가까이 다가갈 수 있으므로
눈이 나리는 겨울밤 바닷가도 좋다
내가 그대의 차가운 손을 녹여 줄 수 있으므로

그대여 지금 당신은 어느 하늘가에서
나의 이 마음을 헤아려
한 발짝 또 한 발짝 자박자박 다가오고 계시는가

민족의 하나 됨을 위하여

거듭 태어나는
역사의 새 아침
동해의 푸른 물결 위에
둥글게 피어나는
한 떨기 꽃이여 빛이여

오늘도
우리가
우리의 이웃을 생각하게 하시고
분단의 아픈 상처 치유하게 하소서
무엇이 우리의 희망을 가로 막고 있는가를 생각하게 하시고
우리가 서로 방심하여 노력을 게을리 하지 않았는지
깊은 책임과 반성으로부터 새롭게 깨어나게 하소서
우리의 희망이 오직 하나의 민족으로
더불어 살아가는 일이 되게 하시고

너와 나
이제는 미움을 버리고
오직 하나 민족의 이름으로
가슴 아픈 고난의 역사가 멈추게 하소서
오직 통일된 모습으로 평화를 얻게 하소서

조국의 미래를 생각하며 살아가게 하소서
우리를 불쌍히 여기시는 이여
우리를 이끌어 주시어
우리 모두 한 마음 한 뜻으로
통일의 창가에서 희망찬 새벽 종소리를 듣게 하소서

사랑의 빵을 나누며

인류는 병들어 가고 있습니다
서서히 다가오는 종말이 두렵습니다
우리는 언제까지 이러한 세상을
바라만 보고 있을 것인지 안타깝습니다
인류가 이룩한 문명의 발자국에
스스로 짓밟히고 서서히 시들어 가는
식량 위기, 물 부족, 마약, 장기매매, 그리고 전쟁

우리가 간직해야 할 소중한 것들을 잃어버린 뒤에
우리가 슬퍼하고 분노하지 않기 위하여
상실되어가는 인간성을 회복하기 위하여
우린 지금 다시 바르게 시작해야 합니다
우리에게 주어진 모든 권리와 자유를 회복하기 위하여
인류의 희망을 새롭게 이끌어 나가야 합니다

남녀노소 인종을 초월하여 우리가 함께
자유로운 삶터를 마련하고 사랑의 빵을 나누어야 합니다
우리의 생존에 필요한 물질과 건전한 정신을 위하여
우리가 자연에게 돌아가 그 순수하고 아름다움을 배우며
우주의 질서를 따라야 합니다
그리하여 우리가 순수한 인간 사랑으로

자연의 성실한 열매들로 넉넉한 식탁을 마련하여
음식을 나누고 건강한 삶 속에서 행복하게 살아갈 수 있도록

새로운 삶을 위하여

새로운 삶을 위하여
위선의 가면을 벗어던지고
우리 이제 양심의 본향으로 돌아가
우리에게 남아있는
그 하나의 길을 우리는 한결같이
가야만 한다
그 길은 사랑의 길
지금까지 겪어온 아픈 상처들을
어루만져 위로하고 격려하면서
우리 스스로 행복하게 사는 길을 찾아가야 한다
그리고 우리는 울어야 한다 울어야만 한다
슬프게 울부짖는 소리를 듣고
하늘이 우리에게 다가와
우리의 쓰라린 눈물을 닦아줄 때까지
우리는 소리 내어 간절하게 울어야 한다
인류역사의 떳떳한 주인이 되기 위하여
가슴 따뜻하고 포근한 사랑을 위하여
우리는 새롭게 태어나야 한다
인류 최고의 행복은
푸른 동산 평화의 깃발 아래서
자유롭게 살아가는 일이다

나라와 나라가 전쟁에 대한 긴장이 무너지고
서로의 신뢰가 회복되어 좋은 친구가 되는 길이다

내 생명나무의 연약한 실뿌리

하늘의 축복이여
내 사랑하는 아버지 하늘이여
땅속 깊은 곳의 연약한 나무의 실뿌리를 돌보시며
봄날을 기다려 견디어 온 눈물의 시간이여
어찌 얼어붙은 겨울나무가 아니고서야
봄을 기다리는 간절한 그 마음 알 수 있겠습니까
이제 지난 겨울의 통증은 끝났습니다
가지마다 적셔 있는 눈물자국에
포근한 봄 햇살이 찾아와 입 맞추고
살포시 눈뜨는 부활의 아침이여
땅 끝 어디선가 희망의 종소리가 들립니다
이제 내 마음 작은 정원에
당신께 드릴 예쁜 꽃씨를 묻어야겠습니다

내가 무엇을 염려하였던가

내가 무엇을 염려하였던가?
내 가엾은 생명의 낡은 옷자락에도 봄날은 찾아오고
지난 겨울의 쓰라린 몸부림 그 막막했던 시간들의 한숨을
가슴에 안고 지난 세월 눈물 곁에서
나는 또 무엇이 되어 다시 또 봄날에 태어나는가
한 마리 나비가 되려 하는가 한 송이 꽃이 되려 하는가
그리하여 지난 겨울의 상처로 얼룩진 가엾은 것들을 찾아가
위로하며 달래야 하지 않는가
어서 가자 우리가 가자 가서 마음 안에 묻어 두었던
지난 겨울이야기를 나누자
상처 입은 이도 오라 어두운 밤길에서 길 잃은 이도 오라
우리가 잃었던 것을 다시 찾은 기쁨으로
우리들 가엾은 영혼의 목마름을 위로하자
어서 가자 가까이 가자 암울하고 지루했던
지난 시간의 굴레에서 벗어나기 위하여
저 높고 깊은 하늘을 향하여 가자 어서 가자

우리에게 있는 모든 것들을

봄이 왔다 우리가 이 기쁜 소식을
우리의 이웃과 겨울잠을 자는 곤충들에게 전하자
그들이 어서 깨어날 수 있도록
보아라! 하늘빛이 정겹고 부드럽구나
목마른 대지 위를 적시는 하늘의 단비
연초록 새싹 위에 살며시 내려앉은 은빛 햇살
얼어붙은 절망을 이겨내고 피어나는 꽃
제 모습으로 돌아와 서 있는 산과 들과 강
이제는 푸른 하늘을 향해 소리 내어 노래하며 춤추자
오! 사랑의 계절이여 우리가 우리에게 있는
모든 정성을 감사하는 마음으로 베풀기 위하여
시의 나라 시의 궁전에서 내려오신 아름다운 천사를 맞이하자

2부

나는 다만 시의 길을 걸었을 뿐

산다는 것은 목마름

산다는 것은 목마름이었다
내 마음 안뜰에서 피고 지는 무수한 생각들을
가슴 가슴결에 띄워놓고

나는 또 어디에서 어느 바람결에 실려
그리도 높이 바라보이던 저 하늘 하늘을
숨 가쁘게 달려가 노을빛에 안기려는가

그러면 나는
세상 길섶에서 함께 떠돌며 힘겹게 견디어 온
내 사랑하는 시어들의 은구슬을
손가락 마디마디로 곱게 빚어 목에다 걸고

지나온 세월의 인연들을 뒤로하고
하늘로 오르고 올라서

어느 낯선 하늘동산 구름송이 머문 꽃나무 그늘 아래
내 이름자 적힌 시의 꽃잎에 누워
시의 가슴 따순 노래를 부르며 춤추려 하는가

산다는 것은 목마름
그러나 나는 그 말을 잊지 않았다
살다 보면 어느 날엔가는 멍에의 끝이 있다는 것을
살다 보면 어디엔가 다시 찾아갈 곳이 있다는 것을

그곳은
시의 하늘 시의 고향 시의 뜨락이 있는 곳

징검다리

나는
당신의 징검다리
언제나 한 자리에서
당신의 발자국소리를 기다리는
나는 당신의 징검다리입니다

그
어떤
망설임도 두려움도 없이
마음 편히 건너갈 수 있도록
나는 오늘도 당신의 징검다리 되어
꿋꿋이 한 자리를 지키고 있습니다

하루
이틀
봄 여름 가을 겨울
한 해 두 해
오직 당신만이 지나가시기를 기다리는
당신의 징검다리이옵니다

누구의 아픔이더냐

앙상한 가지마다
회오리바람 지탱하며
얼어붙은 살점 껴안고 살아있음은
그 누구의 아픔이더냐

서러운 땅
차가운 목숨 위에 번지는
한 개비 값싼 담배연기의 긴 한숨은
또 누구의 공허한 가슴이더냐

그래그래
그래도 살아있음은
저 하늘의 축복이라고
나는 오늘도 내 영혼의
고요한 안식처인 저 하늘을 바라본다

바람의 가지 끝에 매달려

내 마음 하루에 한 번쯤은 나그네여라
천천히 숨 쉬며 길 가다 보면
어디엔가 머물 곳이 있으려니
몸 하나 눕히고 일으키는 일이 아니더냐

내 마음 하루에 한 번쯤은 바람이어라
어느 때는 바람의 가지 끝에 매달려
살아가고 죽어가는 생멸의 세상길에서
잠시 스치고 지나가는 바람이어라

내 마음 하루에 한 번쯤은 구름이어라
허공자락에 피고 지는
한 송이 하얀 목련
그대는
찬란한 부활의 꽃이로다

그것은 바람의 이야기

그것은
바람의 이야기였다
잠시 머물다 떠나버린 강바람

누구를 사랑한다는 것

그것은 바람의 이야기였다
내가 그대를 잘 알지 못한 까닭도 있었겠지만
내가 그대를 더 사랑하지 못한 까닭도 있었겠지만
만나고 헤어지며 먼 기억 속으로 사라져 버린
그것은 떠도는 바람의 이야기였다

그가 머물다 떠나버린
내 마음둥지 안에 남아 있은 짧은 이야기
아지랑이 햇볕 따슨 봄 강가에서 만났던 그대
그것은 잠시 머물다 흩어져 버린 강바람이었다

이젠 가시라 나를 잊고 잘 떠나시라 하시고
가을바람 쓸쓸한 강가에 홀로 서서
젖은 손수건을 허공에 흔드시는 이여
날더러 어이하라고 그리도 흔들어대시는가

가슴 따슨 사랑으로

수락산
산자락에
석양빛 홀로 외롭다

가을바람은 어디서 불어오는 것인가
허공 속의 구름은 어디로 흘러가는 것인가

허허로운 가을 산에 서면
남은 것은 텅 빈 가슴 하나
돌이켜보면
너와 내가 사랑하지 않았음도
너와 내가 용서하지 않았음도
허전한 가슴 사이로 흐르는 회한의 안타까움

어디에 그리운 이름 하나 남아 있는가
어디에 위로해 줄 사람 하나 남아 있는가
너와 나는 순수한 마음으로 정직하게
서로가 사랑하며 살아야 했었다

가슴에 향기 가득

가을은 쓸쓸했다
가을바람은 황폐한 대지 위에서
의지할 곳 찾지 못하고
어디에 허전한 마음 한 점 편히 숨 쉴 곳이 없었다
누구나 사람들은 인생길에서 얻는 아픈 상처 하나쯤은
가슴 속에 간직하고 살아가고 있는 것이라고
인생길 힘든 삶의 가파른 언덕길에서
우리는 얼마나 많은 목마름을 느꼈던가

너는 지금 어디에서 잊히지 않는
이름 하나 소중하게 간직하고 있느냐
가을아 가을아 사랑아 사랑아
잊히지 않는 사랑아
너는 지금 어디에서 가을향기 가득 안고
나를 찾아 기다리고 있느냐

당신을 사랑하는 마음

어디에도
마음 정하지 못하고
쓸쓸히 바라보고 있습니다

술에 취한 까닭이 아닙니다
길을 잃은 까닭도 아니옵니다

이는
당신께서
내 마음을
흔들어 놓은 까닭입니다

가을 강가에
추억 한 자락 흐릅니다

강바람에 흘려보내고
그토록 사랑했던 추억을 접어야 하겠습니다
아무런 미련도 원망도 없이……

눈길을 따라

눈이 내리네
빈들에 가득히 눈이 내리네
하늘나라 아기 천사들이
하얀 꽃잎 되어 찾아오시네

겨울의 평화
자애롭고 관대한 하늘의 은총
저 꽃잎은 누구를 찾아오시는가
나는 하얀 눈길을 따라
무작정 걸었네

이곳은 눈꽃 나라
시의 동산 포근한 침실이 있는 곳
나는 보드라운 눈 속에 묻혀 잠이 들고 말았네

눈이 내리네 눈이 내리네
송이송이 반짝이며 눈이 내리네
빈들에 가득히 눈이 내리네
내 사랑하는 아기 천사들이
내 영혼의 하얀 눈밭에서 사뿐사뿐
노래하고 춤추네

희망의 가슴으로

이별은 어디서 찾아오는 것인가
희망은 어디에서 멈춰 버렸는가

저만치 산자락에 걸쳐 있는 노을 한 점 외롭다

그대 이별이여
어디로 흘러가는 것인가
우리가 가슴에 남아있는 상처를 안고
어디로 흘러가고 있는 것인가

그대 눈물이여
오늘 하루도 주어진 삶 속에서
얼마나 성실한 노력을 하였던가
우리 다시 내일 새로운 만남을 위하여
어디쯤에서 흘러가 버린 지난 꿈을
다시 찾아야만 하는가

나는 다만 시의 길을 걸었을 뿐

내 가난한 시의 목숨 껴안고
하루하루 연명하는 마른 연필 한 자루
그 알 수 없는 사색의 미로에서
나는 다만 시의 길을 걸었을 뿐

언젠가는
시의 꿈들이
뿌리를 내리고
시의 새싹이 자라
시의 꿈 밭에
시의 꽃들이 만발하고
시의 향기가 진동하리라는 것을

그리면 나는
내 착한 시의 친구들과
손에 손 잡고
시의 꽃길을 걸어야겠다

내 가슴 뜨락에

내 가슴 작은 뜨락에
한 송이 꽃이 피어나고 있었네
그가 바라보는 곳은
언제나 푸른 하늘

내 가슴 안뜰에
꽃씨 하나 살고 있었네
그가 있는 곳은 언제나 그 자리
스스로 일어설 수 없는
아픈 마음 다스리며
울지 마라 울지 마라 슬픈 마음 다독이면서
내 가슴 안뜰에 민들레 홀씨 하나 살고 있었네

오늘처럼 기분 좋은 날

오늘처럼
누군가 그리운 날엔
한 마리 나비가 되어
내 소녀가 살고 있는
천상의 궁전으로 날아갑니다

부푼 가슴
별빛 가득 반짝이는
내 소녀의 창가에 이르면
내 소녀의 분홍빛 얼굴
나는 어제처럼 오늘도
한 마리 나비가 되어 내 소녀가 있는
은하수 창가에서 사랑을 속삭였습니다

꽃잎 하나

그대
꽃잎이여
어느 하늘 꽃동산에서
나를 찾아 여기까지 오셨는가

오
그대
내 사랑
어여쁘신 꽃잎이여

천상의 호숫가에서
아지랑이 너울춤을 추시다가
머나먼 길, 나를 찾아오시는 이여

만나면 헤어짐도 있으리라
내 입술에 잠시 머물다 떠나시는 꽃잎이여

그대
사랑이여
멀어져가는 내 사랑이여

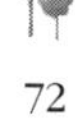

내 그리운 사람이

바위섬
너는 알리라
내 그리운 사람이
당신을 사랑하기에
힘들다는 말을 남기고 떠났는지

바위섬
너는 알리라
내 그리운 사람이
겨울바다에 저리도 녹색 눈물을 풀어 놓고
떠났는지

바위섬
너는 알리라
내 그리운 이름이
어느 파도에 실려
나를 버리고 떠났는지

그리고
너는 알리라
한 번 떠난 사람은
다시 돌아오지 않는다는 것을

어찌하여 나는 너를 떠나지 못하는가

바다야
사랑하는 나의 친구
어찌하여 나는 너를 떠나지 못하는가

이
아침
곱고 찬란한
새벽바다의 향기와
잔잔한 파도소리를 너에게 보낸다

너는 나를 기억하느냐
나의 좋은 친구 바다야
내가 왜 이토록 아픈 상처를 바다에 풀어놓고
너의 이름을 부르며
네 곁을 떠나지 못하고
가까이 있어야만 하는지

바다야
나는 너의 좋은 친구
거센 파도에 몸을 맡기고
천만 번 부딪치고 깨어지면서

내가 왜 네 곁에 있어야 하는지

나의 좋은 친구 바다야!
우리가 다시 만날 수 있기를
우리가 더는 외롭지 않기 위하여
바다야 오늘도 나는 너의 이름을 부른다

서빈백사

검은 돌 틈에서 깨어나는 하얀 꿈들이
아침 바다 위에 흐드러지게 피고
바다 마을 산호섬에는
꿈 밭을 일구는 사람이 있었다

그는
나의 친구
나의 연인
얇고 보드라운 속살 살포시 감싸 안으시고
변치 않는 마음 하나 한결같은 바다가 있었다

바다야 너는 즐겁지 않느냐
파도와 춤추는 것은 너만이 아니다
나도 너와 어우러져 함께 있구나

사랑하는 바다야
너의 고운 마음결에 피고 지는
아름다운 꽃 찬란한 꿈을

나는 보았다
그 바닷가 궁전에서

천년의 꿈을 쌓아놓고
육지로 떠난 두 사람의 발자국을……

불나비

나는
보았습니다
불꽃에 몸을 던지는 불나비를

가진 것 목숨 하나
태워 버리면 그뿐이라고

불속에 뛰어드는
불나비를 보았습니다

살아온 세상길일랑 되돌아보지 말자고

가슴에 혼불 하나 켜 들고
새로운 약속의 땅을 찾아
날개를 접는 불나비를 보았습니다

야외공연장

나비
두 마리
어디서 날아왔는지
얼씨구절씨구
오른발 왼발
어라 허어
개다리 춤이로구나

얼쑤 얼쑤 어얼씨구

하늘에는 별 총총
천상의 나비부부
전생의 인연 따라
잠시 머물다 떠나는
야외공연장

인연

인연이란
사람과 사람의 만남뿐이 아니었다

어느 산 기슭의 바람소리도
인연이어라
하루에도 수없이 만나고 헤어지는 사물들
그들을
눈으로 보는 것
귀로 듣는 것
코로 냄새 맡는 것
입으로 느끼는 달고 짜고 시고 하는 등의 맛
몸으로 느끼는 감촉들과의 만남
그리고
수많은 생각들과의 만나고 헤어지는 인연들

인연이란
끝없이 이어지는 것이다
그러나 그러한 인연도
어느 날엔 끝이 있다는 것을……

우리가 바라는 것은

붉게 떠오르는 새 아침
그대 아름다움이여
찬란한 빛이여

우리 모두 새 마음에 새 옷을 갈아입자
오늘 하루도 우리가 구하는
땀의 열매를 얻기 위하여

사랑하는 마음으로
이웃과 다정한 벗이 되어
오순도순 더불어 살아가는 하루
시의 하늘 아래서 우리가 따뜻한 가슴으로
사랑의 열매를 거두어 다툼 없이 서로 나누자

우리 모두 형제자매 되어
우리들 삶의 뜨락에 사랑의 향기 그윽하고
가슴마다 희망이 자라는 우리 사랑 우리 이웃
우리 이제 열린 세상 열린 마음으로
맑고 고운 평화의 하늘 아래 꽃처럼 나비처럼
그렇게 살자 서로 사랑하고 의지하며 그렇게 살자
아름답게 살자 행복하게 살자

평온한 들길을 따라

눈물로 얼룩졌던 지난 겨울의 일기장
이제는 쓸모없는 지난 이야기였다
우리 이제 이 아름다운 봄날을 이야기하자
강가에는 실버들 가지 아래 아이들이 모여 재잘거리고
맑은 물살 가르며 꼬리치는 물고기들이 평화롭구나
들녘 과수원에는 포도나무 넝쿨을 일으켜 세우는
농부의 바쁜 손길 위에 희망의 새 순이 돋는다
찬란하게 빛나는 무지개 햇살아
무엇이든 투명하게 드러난 아름다운 세계
우리가 먼저 산으로 들로 나아가
봄아씨께 인사를 청하자
그리고 그님과 함께 들길을 따라
잔잔한 시냇가로 달음박질하며 푸른 초원 위에서
뒹굴기도 하고 넘어지기도 하면서
춤추며 우리 함께 뛰어 놀자
봄 햇살 더불어 가슴 가득 가득 보듬고

시의 하늘 아래서

봄의 뜨락에 찾아온 봄의 향기여
시의 봄날 시의 하늘 아래서 아름다운 시를 짓고
시의 노래를 부르고 싶다
시의 숲속 옹달샘에는 달빛 가득
별들이 멱 감고 뛰어 놀며
어린아이가 꿈꾸는 동화의 나라
그 달빛에 서서 별을 헤는 아이들
봄은 내 가난했던 마음에 하늘이 주신 넉넉한 축복이었다
나에게 있어서 이 봄은 내 어머니의 간절한 기도이다
아가의 천진스러운 미소
어머니의 품안에서 꿈꾸는 바로 나다

새로운 시작을 위하여

이제 오랜 침묵의 자리에서 일어나겠습니다
창문을 열면 대지는 온통 사랑하는
나의 어머니!
새로운 시작을 위하여
꽃들이 모여 사는 꽃마을로 가겠습니다
그 꽃동산에 진달래꽃 만발하고
자연의 소리, 생명의 숨소리가 있는 곳
아지랑이 너울너울 들길을 따라 임 찾아 오시는 길
오 사랑하는 어머니!
이토록 신비한 봄은 어디서 오시는 걸까?
봄날이 오기 전 저희들 뜨락에는
정말로 혹독한 겨울이 있었습니다
차가운 겨울밤을 홀로 견디며 살아야만 했습니다
이제는 사랑이 넘실거리는 봄 햇살에 의지하여
하늘 아래 정겹게 살아가겠습니다
새롭게 태어나는 모든 것들을 위하여
따뜻한 손길로 맞이하며
눈앞에 펼쳐진 아름다운 세계를 찬양하겠습니다

3부

한 생각 한 호흡 머물렀던 자리에

한 생각 한 호흡 머물렀던 자리에

그래그래
산다는 것은 희망을 잃지 않는 것이라고
세상길 험난한 길섶에서
홀로 피어 살아가는 이름 없는 들꽃이여
더는 부끄러움 없이 살아야 한다고
몇 번의 몸을 씻고 몇 번의 옷을 갈아입었던가

그 알 수 없는 인생의 미로에서
취하고 버리며 사랑하고 미워하면서
수없이 만나고 헤어졌던 인연의 조각들

이제 남은 시간은 짧다
움켜쥐었던 주먹 펴 보이며
가진 것 나누면서 더는 미워하지 말아야 할
벌거벗은 시간이 가까이 와 있다

그래그래
지난 세월의 흔적들 지울 것 지우고
버릴 것 버리며 태울 것 태워 버리고
빈 가슴 하나로 떠나야지 하면서도
뒤 돌아보면

한 생각, 한 호흡 머물렀던 자리에
비우지 못한 마음 그릇 하나……

내 가엾은 눈물의 시간들

그대
세월이여
나의 친구
나의 사랑
나의 신부여

내 가엾은 눈물의 시간들을
때로는 빛으로 안아 주시고
때로는 향기로 품어 주셨습니다

내가 갈 길 잃고 방황할 때
좋은 길 바른 길로 안내하시며
베풀어주신 사랑을 어찌 잊을 수 있겠습니까

나의 등대 되시어
밤새워 잠들지 아니 하시고
나의 길을 밝혀 주시며
기다려라 조금만 더 기다려라 하시는 이여
오고 가는 세월의 여정에서 따뜻한 가슴으로
위로하고 감싸주셨던 당신의 체온을
어찌 다 잊을 수 있겠습니까

그대
세월이여 나의 친구, 나의 사랑, 나의 신부여

혼자서 먼 길을 더듬어온 기도의 시간이여
내 착한 정성과 노력의 발자국들이여
내 가엾은 눈물의 시간들아
그대 지금은 어디쯤 서 있느냐

나는 그 길을 걸었다

나는
그 길을 걸었다
깃발도 없이 펄럭이는 저 허공에
한 갈피 나약한 몸부림을 매달아놓고
외롭게 지탱했던 지난날들

그리고
나는 들었다
고요한 침묵의 창가에
아기새 한 마리가
내 마음 자락 빈 터에 찾아와
속삭이는 희망의 소리를

그리고
나는 그 길을 걸었다
하늘과 땅 사이에서
시 안에 있는 나를 찾기 위해
내 안에 있는 시를 찾기 위해
아기새 한 마리와
바람 나부끼는 좁은 길을 걸어야 했다
그 길은 멍에의 길, 순종의 길이었다

목련

하얀 꽃잎으로 찾아오신 이여

한
생각
한
호흡
머물다 떠난 자리에
하얀 목련으로 피어나는 임이여
이는 오직 사랑하는 당신 모습

내
사랑
사랑아

한
아름
천지에
미소 가득
봄 자락에 살포시 내려앉은
하얀 꽃잎이여
기다렸던 임이여

그대 누구인가

그대
누구인가

저
알 수 없는
허공 길을 향하여
그 길을 묻고 다시 물으며
길 위에 길을 찾아 걷고 있는 이여

그대
나그네여
어디쯤 와 있는가
텅 빈 가슴 골짜기
그 알 수 없는 숨결 마디마디를 오르고 내리면서
심장 깊은 곳에서 피고 지던 환생의 꽃이여
아직도 남은 인생 걸으며 걸어서
다가가야 할 길은 얼마나 남아 있는가

그대
나그네여
인생길이여

들꽃 한 송이 꽂아 놓고

마른
식탁 위에
들꽃 한 송이 꽂아 놓고
당신을 기다리는 시간이 행복했습니다
모두가 버리고 떠난 황혼의 들녘에서
당신을 기다리며
두 손을 모아 기도하는 시간은 즐거웠습니다

오늘
하루도
내가 거둔 열매 없을지라도
차가운 살갗을 비벼 태우며
당신의
하늘 아래
외롭게 서 있는 나를 보았습니다
이토록 애처로운 나를
당신은 어찌 하시렵니까

이제는 나를 오라 하시어
부디 나를 안아주소서
당신의 포근한 가슴이 그립습니다

나를 버리지 마십시오

겨울 강
강나루 갈대밭에 서 있는
갈대의 마른
살갗이 애처롭습니다

때로는
미움도 사랑으로 보듬어 주시며
흔들리는 마음을 붙잡아
뉘우치고 깨달으며 올바른 길을 가라 하시며
차가운 가슴 가슴을 어루만져 주시고
쉼 없이 걷게 하시는 이여

내가 당신의 사랑을 믿고 의지하므로
나 이제라도 이 모습 이대로
하늘 우러러 살아가겠습니다
당신이 나를 버리지 않으시므로
이제 나는 슬퍼하지 않겠습니다
다가오는 시간들과 함께
내 마음 흔들리지 않고 오직 나 하나의 길
그 길을 바라보며 외롭지만 걷겠습니다

그대 누구였던가

그대
누구였던가
그대 삶의 발자국 어디에서
때로는 인연을 만들고
때로는 그 인연과 헤어지면서
그런 저런 세월 맞이하면서
기쁨도 있었네 슬픔도 있었네

그대 누구였던가
그대 무엇을 위하여
그리도 몸부림쳤던가
뒤돌아보면 어느 날 어느 한 순간
스치고 지나가는 한 줄기 바람이었던 것을
그대 잠시 이름 없이 허공을 떠도는
한 송이 구름이었던 것을

가슴 차가운 겨울밤
그대 발자국이여 누구에게 길을 묻고 물어서
길 아래 길을 걸으며, 길 위에 길을 찾아서
어느 외딴 길모퉁이 가로등 불빛을 의지하며
얼어붙은 가슴을 녹이며 초라하게 살아왔었던가

내 가난한 영혼의 뜨락에

나는
당신의 꽃입니다
내 가난한 영혼의 뜨락에
당신께 드릴 꽃이 시들지 않도록
따뜻한 정성을 쏟고 있습니다

임이여
당신의 꽃들이
당신의 햇살에 입 맞추고
당신의 가슴에 안겨 지낼 수 있도록
시의 뜨락을 알뜰히 가꾸게 하십시오

나는 당신의 꽃
당신의 생명입니다

나는 오늘도 어제처럼

나는 오늘도 어제처럼
타인의 거리에서 타인의 목숨이 되어
하염없는 죄의 늪을 헤매어야 했습니다
죽는 일이 아니라면 견디어야만 했던 숙명의 길

안쓰러운 영혼의 몸부림이었습니다

그 절망의 끄트머리에 있는 나를
어느 누구도 내 손을 잡아주지 않았습니다

저는 지금 마냥 울고 있습니다
절박한 심정으로 탈출구를 찾아보았지만
어디에도 탈출구는 보이지 않습니다

그러나 살아야 한다 살아야만 한다
생명은 소중한 것이라고
되뇌어 반복하면서
쓰러지지 말자 쓰러지지 말자고 수없이 다짐하면서
한순간 순간의 통증을 이겨내고 있었습니다

가난한 내 영혼의 몸부림

가난한 내 영혼의 몸부림
초라한 내 모습의 허전함

임이시여
저는 오늘 하루도 가난한 내 영혼의 빈곤을 안고
이런 저런 생각들을 이끌고 살았습니다
가엾은 내 육신의 때 묻은 발자국
마디마디 시린 자국들을 무엇으로 감싸 안고
나는 또 어디로 흘러가고 있는 것입니까

내 영혼의 가엾은 목마름
내 모습의 처량한 흐느낌

오늘 하루도
나를 혼자 버려두고 떠나는
산 너울 저문 해를 보았나이다

이토록 힘들었던 오늘 하루의 무게를
어디에 내려놓아야 합니까
나 이제 연꽃 한 잎의 가벼운 무게로
당신의 가슴에 가까이 다가가 안기고 싶습니다

살아가야 하는 이유

나는 별로 아는 것이 없습니다
나는 별로 잘 할 수 있는 일도 없습니다
그러나 바르게 앉아있으면
조금 전에 있었던 일과
다음 일을 생각할 수 있습니다
조금 전에는 서 있었고 지금은 앉아있고
다음에는 일어서거나 눕는 일을 할 수 있습니다

그러나 너무 오래 누워있으면 안 됩니다
반드시 일어나야 합니다
일어서지 못하면 안 됩니다
행하거나 머무르거나 앉거나 눕거나
말하거나 침묵하거나 움직이거나 가만히 있거나 하면서
내가 나를 찾고 찾으며 다시 묻고 물으면서
살아가야 하는 이유입니다

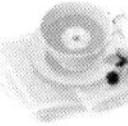

기도의 시간들

어찌 하여야 내 마음 깨끗이 씻어 비울 수 있겠나이까
어찌 하여야 내 마음 스스로 빛이 되어 어둠의 무게를
떨쳐 버릴 수 있겠나이까 나는 누구입니까 내 마음 하나
내 스스로 다스리지 못하고 내 마음 하나 내 스스로 다
스리지 못하여 형벌의 관을 어깨에 메고 어디로 가고 있
는 것입니까 얼마나 더 많은 고독한 시간의 길을 눈물로
괴로워하며 걸어야 합니까

나를 불쌍히 여기는 임이시여 내 마음 스스로 낮아지게
하시고 그리하여 내 마음 안뜰에 선한 믿음의 씨앗을 묻
게 하시어 열매를 기다리는 기도의 시간들이 행복하게
하소서

내 마음 안에 가득했던 의심을 버리고 내 마음이 스스로
나를 만나기 위하여 힘들면 조금씩 조금씩 쉬지 말고 천
천히 그리고 씩씩하게 걷게 하소서 오직 한 마음 마음을
이어 나를 기다리고 있을 내 안의 나를 찾기 위해 얼어
붙은 심장에서 울리는 겨울 댓바람소리를 듣게 하시고
그리하여 빈 가슴에서 울려 퍼지는 맑고 고운 영혼의 소
리를 껴안아 내 가슴 안뜰에 묻게 하시고 그와 더불어
행복하게 하소서

누군들 저 하늘만은 빼앗아가지 못하리라

내 어릴 적
끝없이 바라보던 저 하늘
언젠가는 내가 돌아가야 할 꿈동산
누군들 저 하늘만은 빼앗아가지 못하리라

내 어린 생명의 실뿌리가 자랐었고
내 아가의 티 묻지 않은 탯줄이 묻혀 있는 곳
그곳은 영원한 내 생명의 고향마을

지금 이곳은
유배된 땅 형벌의 거리에
나는 잠시 머물러 있을 뿐
언젠가는 돌아가야 할 내 고향

누군들 저 하늘만은 짓밟지 못하리라
누군들 저 하늘만은 빼앗아가지 못하리라

마음을 비우면

마음을 비우면 얻는 것도 있으리라
얻는 것이 있으면 또한 버릴 것도 있으리니
그리하여 버릴 것 버리고 다 버리므로
더는 버릴 것이 없다면 나는 행복하다

내가 작은 것을 버리지 못하므로
더 큰 것을 얻지 못했다면
이제는 부질없는 그 욕심
그 한 생각 내려놓고
마음에 부질없는 근심을
내 스스로 비워놓아야 한다

그렇지 않은가
어느 때인가 떠나는 날에는 마지막 남은 몸뚱이 하나
그마저 버리고 떠나야 할 것을……

눈물짓는 한숨 곁에서

오늘 하루도
나의 소중했던 시간 나의 성실한 노력들은
아픈 상처만 남기고 말았습니다

어쩌면 오늘도 내 마음 안에 악한 것들이
누운 나를 보고 기뻐 춤추고 있습니다
이토록 나의 정성과 노력들은 번번이 짓밟히고

눈물짓는 한숨 곁에서
오늘 하루도 외롭게 보냈습니다

나의 이 서투른 하루의 생활이 실망스러울 뿐입니다
그러나 임이시여 허전한 이 마음을 일으켜 세우시고
당신을 향한 좁은 길을 따라 소망의 발자국을
내딛게 하소서
외롭고 괴로운 이 마음, 임께서 살펴주시고
오직 내 가엾은 눈물의 기도가 그치지 아니 하고
오직 한 분 당신만을 바라보고
남은 길을 마저 걷게 하십시오
그리하여 언젠가 한 번쯤은 나의 나를 만나게 하시고
그와 더불어 피안의 세계에 정착하게 하소서

어둔 밤길에서

찾아야 한다
우리가 잃어버린
그 길을 찾아야 한다

어둔
밤길에서
우리가 잃어버린
그 길을 찾아야 한다

우리가 아직 가 보지 못했던 그 길을
우리가 가까이 다가서야 하는 그 길을
찾아야 한다

기원과 동경이 있고
고독한 영혼의 기도소리가 머무는 곳
우리는 지금 잃어버린 그 길을 찾아야 한다

시의 고요한 창가에 머물다 떠난 새벽별을 찾아야 한다

당신 곁으로 돌아갑니다

우리 사랑
인연의 손을 잡고

달그림자에 안겨
어디쯤 흘러가고 있습니다

오랜 날을 기다리며
전설처럼 얽힌 지난 세월의 매듭을 풀며
다시는 눈물도 없고 이별도 없는 그곳으로

나는
지금
당신을 찾아
천만리 당신 곁으로
나직이 흘러가고 있습니다

나 그곳에 이르러
당신의 청아한 목소리를 듣고자

"어서 오세요 너무 오래 기다렸어요"

허공 속의 꽃

허공
저 허공의
고요한 마음자락에
그대 한 송이 꽃으로 피어나는가
그대 지금 어디로 흘러가고 있는가
그대 지금 누굴 찾아 흘러가고 있는가

허공
본디 그 자리에 있을
그 어디쯤의 거리에서
그대 사랑의 길에서 외로워하고 있는가

가까이 더 가까이

바람아 바람아
나를 좀 데려가 다오
저 높은 하늘가 어딘가에 있을
내 님이 보고 싶구나

가까이 더 가까이 다가서서
기다림에 지쳐 있을
내 님의 고운 얼굴을 보고 또 보고
만져도 보고 싶구나

바람아 바람아
나를 좀 데려가 다오
저 높은 하늘 어딘가에 살고 있을
내 님이 계시는 곳으로
나를 좀 데려가 다오 데려가 다오

나 다시 돌아가리라

나
다시
돌아가리라
한 생각 더불어
마음 길을 따라
산으로 돌아가리라

나
다시
돌아가리라
산으로 돌아가리라
흔들리는 이 마음
생각의 가지 끝에 묶어놓고
다시는 돌아서지 않으리라

죽어서 또 다시 죽어서 죽는 날까지
나 다시는 돌아서지 않으리라

평화의 깃발을

어둠이 있는 곳에 빛을 주시고
사랑이 넘치게 하시는 이여
인류의 소망을 허락하여
세상의 불행을 살피시고 기쁨과 행복을 주시며
갇힌 자의 자유와 가난한 자의 배고픔을 살피시는 이여
인종차별과 기아들의 울부짖음 들으시고
우리들 가슴마다 꺼지지 않을 평화의 등불을 허락하시는 이여
전쟁의 불덩어리를 피하게 하시고
그곳에 평화의 깃발을 드높게 하시는 이여
누구에게나 주어진 양심의 계명을 따라
자유롭게 살아가게 하소서
넘치는 해일로 육지가 바다 되는 일을 막으시고
인류가 소멸되지 않도록 굳건한 길을 안내하여 주소서
그리하여 우리 모두가 깨끗한 마음으로
가슴 가슴 더불어 손에 손잡고 평화롭게 살아가게 하소서

사랑의 주인이시여

사랑의 주인이시여
날마다 새 아침을 주시고
나를 찾아오시는 이여

오늘 하루도 당신 곁을 떠나
쓸데없는 곳에 마음 빼앗기지 않게 하시고
맑고 고운 눈으로 당신을 바라보게 하소서
피곤하여 지친 자를 당신의 가슴으로 안아 주시고
사랑의 날개로 그늘지어 주소서

어디에 목마름이 있습니까
이웃의 참 벗이 되게 하시고
이웃의 무거운 짐을 나누어 지게 하소서
닫힌 마음의 창문을 열게 하시고
우리가 우리를 위하여 한 마음으로
간절한 기도를 드리게 하시고
서로서로 도와가며 위로하고 격려하게 하소서

사랑의 주인이시여
우리들 마음에 푸른 하늘의 넉넉함을 허락하시고
우리들 마음에 희망의 종소리를 듣게 하소서

어제처럼 오늘도 우리들 발자국 자국들을
축복하여 주소서 우리들 생명의 주인이시여
사랑의 주인이시여

우리가 나누지 못했던 사랑을

민족의 역사는 어디서 시작되었으며
어디로 흘러가고 있습니까
임이여 분단된 조국의 아픈 마음 어루만져 주시고
민족의 하나 됨을 이루어
따순 가슴 더불어 살아갈 수 있도록
화해와 용서를 허락하소서
우리가 언제까지 전쟁의 공포에 시달리며
이를 지켜만 보고 있어야만 합니까
불길 솟는 전쟁터에서 죄 없이 죽어가는 생명의 처절함
어딘들 눈을 들어 바라볼 수 없는 참혹한 전쟁터
아기들의 울다 지친 가느다란 목울음 소리가
메아리 되어 돌아옵니다
민족의 운명은 어디까지 왔습니까
정녕 미래에 대한 희망은 있습니까
지난날 우리가 나누지 못했던 사랑
이제라도 눈물로 뉘우치게 하소서

임이여
우리의 연약함을 아시는 이여
저희들 버려두지 마시고 저희들 마음 마음을 살피시어
우리의 나아갈 길을 안내하시고

분단의 고민을 해결하여 주소서

우리 민족의 하나 됨을 이루시어
당신이 바라는 평화와 자유를 허락하소서
그러면 저희들 푸른 하늘 잔잔한 시냇가에서
비둘기 순한 가슴 비벼대며
오순도순 정겹게 살아가겠나이다

오직 하나의 기다림

봄이 오는 길목에 서면 지난 겨울은 참혹했네
내가 간직할 수 있었던 것은 오직 하나의 기다림
오! 하늘의 신비여 깊은 잠에서 깨어나는 우주만물이여
들녘의 봄이여 바라는 것들의 실상이여
산과 들이 깨어나고 강물이 춤춘다
차가운 대지 위에 따뜻한 봄옷을 입히시고
고운 햇살로 가꾸시는 이여
당신이 우리에게 한없이 주시는 끝없는 사랑을
우리가 마음 속 깊이 깨닫지 못하고
지난 겨울 차가운 거리에서 방황하며
외로움에 지쳐 때로는 당신을 원망도 하였나이다
내 믿음의 가난함과 연약함을 꾸짖으시는 이여
이제라도 게으름에서 깨어나
시의 봄 동산에 시의 아름다운 꽃씨를 묻고
열심히 가꾸며 풍성한 열매를 기다리겠습니다

아! 나는 무슨 까닭으로

바람은
아무런 형체가 없으면서도
저리도 험준한 산을 가벼이 넘고 넘으며

구름은
저 높고 넓고 깊은 허공을
저리도 한가로이 흘러 흘러가는데

아!
나는
무슨 까닭으로
어디서 어디로
길을 걷고 있는가

선한 열매를 얻기 위하여

내 마음에도 봄이 찾아오리라고는 미처 생각지 못하였습니다. 내가 생각하기에는 내 마음에 너무 깊은 상처 하나가 있었기 때문입니다. 한동안 세월이 흐른 다음에서야 이와 같이 사시사철 계절이 있어 봄이 오고 봄비가 내리고 내 마음의 창문이 열려 봄 발자국 소리가 들리며 얼어붙었던 산마루에 새벽이 열리고 나서야 내가 무심하게 흘려보냈던 과거를 뒤돌아보게 되었습니다. 그리고 아무도 흉내 낼 수 없는 이 우주의 질서와 그 생명의 법칙을 누군가 짜 맞춰놓은 것이 아니라 순리에 의하여 순환되는 신비의 법칙 앞에서 내가 계절이 오고 가는 길목에서 누군가와 만나고 헤어지는 일과, 가난한 내 마음에도 하늘이 나누어주는 선물이 있었다는 것을 알게 되었습니다. 그 축복, 그 사랑, 그 무한함, 우리에게 필요한 음식을 골고루 나누어 주시는 이는 누구인가? 어디에 계시는가. 그 어떤 죽음이라 할지라도 그 끝자리에는 반드시 부활이 있다는 것을 어둔 창가에 갇혀 있었던 나는 그 사랑 그 은혜 그 손길에 감사하는 마음으로 두 손을 모아야 한다는 것을 그리하여 주신 날들을 소홀이 버리지 아니 하고 우리가 구하는 것들의 선한 열매를 얻기 위하여 닫힌 마음에 창문을 열고 푸른 하늘 우러러 살아야 한다는 것을 이제는 내가 하늘을 원망하며 배신하여

스스로 나를 포기하는 일이 없어야 한다는 것을 내 어릴 적 밤이면 은하수 별빛을 가슴에 가득 안고 끝없이 바라보았던 저 하늘 날마다 바른 생각과 바른 마음으로 살면서 저 하늘나라에 이를 때까지 잠들기 전 감사의 기도를 드려야겠습니다.

길이 있어 길을 걸었습니다

길이 있어 길을 걸었습니다
그 길이 힘든 길이라는 것을 알면서도
그저 그 길을 걸었습니다
그 길은 오직 나 혼자만의 길
운명의 길이었습니다
지금은 잠시 오르던 길을 멈추고
인생길에 휘어진 허리를 일으켜
세웠습니다
오직 보이는 것은 아득히 높은 산 위의 산
나는 그 산 아래 서 있습니다
나는 다시 시작해야 합니다
언젠가는 끝이 오리라는 생각을
그 끝을 향하여
산 너머 산 강 건너 강을
끝이 보이지 않을 때까지 걷고 걸어야 합니다
찾아야 할 길이 있기 때문입니다
저 언덕 너머에 도대체 무엇이 있기에
살아있는 날들에 맞서 찾아야만 하는지
도대체 그 무엇이 어디에 있는지 없는지도
확실히 모르면서 그래도 그 길을 가야만 하는 까닭을
어찌 다 설명하여야 합니까
아! 나는 이러한 길을 운명의 시간들과 함께 걷고 있습니다

내 마음 허공이어라

내 마음 허공이어라
하루에 한 번쯤은
마음을 비워야 할
내 마음은 허공

비워도 비워도
더는 비울 수 없는
내 마음 허공이어라

채워도 채워도
더는 채울 수 없는
내 마음 넉넉한 저 허공이어라
누군들 가져갈 수 없는
꿈 많던 어릴 적 내 고향 저 고요한 허공의
송이 송이구름 곁으로 나 다시 돌아가리라

길을 걷고 있는 까닭입니다

한 순간 순간
한 호흡 호흡을 이어가며
길을 걷고 있습니다
무작정 길을 걷고 있었습니다

걷다 보면 어느 날에는
또 다른 길 위의 길을 만날 수 있으리라는
믿음으로 그와 함께 동행하고 있습니다

이제는 더 이상
감출 것도 보여줄 것도 없는
오직 하나 그 하나의 몸뚱이

그것이
무슨 그리도 소중한 것이라고
이리저리 모시고 다니면서
입히고 먹이고 씻기며 살아왔던가

보아라
저기 저
숲길의 마지막 가지 끝에 매달린

노랑꼬리새 두 마리가 빗속에서
구겨진 깃털을 서로 다듬어 주며
비상을 꿈꾼다
그래그래 이제 그들은 날리라
저 멀리 멀리 고요한 영혼의 숲으로

갇힌 자의 자유

그 상상의 널빤지 위에서
오르고 내리는 한 호흡 한 생각 한 순간 순간을
두 발로 지탱하고 오르고 내리고 오르며 내리면서
지탱하고 있는 우주의 신비를 바라보며 나는 나에게 묻는다
묻고 또 물어도 답이 없는
그 무한하고 무수한 생각의 가지들이
대지를 지탱하고 내 굵은 두 발과 두 팔은
크게 나를 감동시키는 일이 없을지라도
항상 내 곁에서 내 육신을 눕히고 일으키는 일에
정성을 다하며 내 몸의 부피와 모양과 넓이와 무게에
맞는 관을 지어가며 있는 것이다
살아있다는 것 살아가고 있다는 것
잠깐 보였다가 사라져 버리는
어느 생각의 정점에서 만지작거리는
상념의 껍질들을 놓아버리지 못하고
나는 그를 무상의 속살을 파고드는 의심들을
무릎 위에 꼿꼿이 세워 놓고 불을 붙인다

발문

피안(彼岸)과 차안(此岸)을 공유한 영원한 님 바라기

– 故 김성년 시인의 시 인생

김 재 엽

(한국문학비평가협회 상임이사)

본격적인 새봄 새 학기의 시작을 알리던 날, 그러니까 3월 4일 오후 3시 30분경 낯선 전화 한 통이 걸려왔다. 맑고 깨끗한 젊은 여인의 목소리가 조심스럽게 "혹시 김성년 시인을 알고 계십니까?"라고 묻는데 그가 바로 김 시인의 따님(김진)임을 알게 되었고, 비로소 작년 여름 메르스가 창궐하던 6월 12일에 불의의 교통사고로 이승을 하직하였다는 김성년 시인의 부음도 듣게 되었다. 당시 상황이 국가적인 재난 상태인지라 아무에게도 알리지 못하고 그야말로 가족끼리 조촐하게 장례를 치렀다는 안타까운 사연과 함께 유품을 정리하던 중에 시집 한 권 분량의 원고가 가지런히 묶여 있었고, 필자의 이름 또한 전화번호와 함께 메모되어 있었기에 우선 연락을 취했다는데 출판사 대표라서 놀랍고 또 아버지의 문학인생에 대해 너무나도 상세하게 알고 있어서 더욱 반갑다는 것이었다.

김성년 시인과 필자와의 인연은 1990년 가을로 거슬러 올라간다. 그해 9월, 서대문형무소 입구 현저동 골목에 위치한 단층짜리 허름한 사무실에서 지금은 두 분 다 고인이 되셨지만 당시에도 이미 원로시인으로 문단에 널리 알려진 김창직 시인과 진을주 시인께서 공동으로 편집 및 주간을 맡고 필자가 제작에 참여하여 창간한 월간 『문예사조』 창간호를 납품하고 10월호 제작 때문에 편집회의를 하던 어느날 김창직 시인의 테이블 옆에 앉아있던, 미소가 매우 따뜻하고 편안한 분위기의 사복형사 김성년을 소개받게 된 것이다. 이후 시 창작에 남다른 열정을 가진 형사로서 업무와는 매우 다른 시 창작에의 열정으로 문예사조사에 자주 들러 김창직 시인의 집중적인 지도를 받더니 1992년 3월 드디어 월간 문예사조 신인상에 당선되어 시인으로 등단하기에 이른다.

사실 김성년 시인은 등단에 앞서 1991년 12월에는 열혈 문학도로서 필자와 함께 한국문인협회 의정부지부 결성에도 참여하여 이사를 맡기도 하였고, 1993년 1월부터는 지부장으로서 1998년까지 3번이나 연임하며 의정부문학 활성화에 대단한 열정을 쏟아 붓기도 하였다. 이후 필자의 권유에 따라 故 안장현 시인이 발행하던 『한글문학』과 故 이기진 수필가에 이어 도창회 수필가가 회장으로 재직했던 한국신문예협회, 故 송병철 선생이 꿋꿋이 이끌던 한국전쟁문학회, 그리고 자신의 신앙과는 왠지 거리가 있었을 법한 故 림영창 시인의 한국불교문인협회 회원으로 가입하여 열심히 작품 활동하고 문단 활동도 하며 문학에 깊이 빠져들었다.

특히나 1993년 2월에 처녀시집 《따슨 가슴 하나 기다려》를 상재하고는 형사시인으로서 매스컴의 주목을 받아 KBS 제1라디오 '오후의 교차로', 교통방송 '오늘의 화제인물' 등에 출연하더니, KBS 사회교육방송 '즐거운 인생'에 매주 2회씩 6개월이나 출연하며 시창작에 얽힌 일화에 곁들여 시낭송도 하는 호사를 누리기도 하였다. 과거 '5분 드라마' 〈김삿갓 방랑기〉를 연출하여 널리 알려진 바 있던 당시 옹상수 PD가 "바로 김성년 시인 같은 출연자가 대북 사회교육방송에도 절실하다"며 적극적으로 지원해 주던 모습이 지금도 필자의 눈에 선하다. 무엇보다 당시 차영희 MC의 '구도자적 기복이 기저를 이루는 시 〈말씀〉 창작에 얽힌 일화를 전해 달라'는 청유에 "저에게는 장애인 딸아이가 태어났는데 그 장애만 치유해 준다면 무엇이든지 다 하겠다는 절박한 심정으로 기도하고 영적 가르침에 순응해 왔었습니다. 그 기도가 하늘에 통했는지 현대의학으로는 치유가 불가능하다는 그 아이가 비로소 정상의 아이로 돌아왔습니다"라면서 말문을 닫고 울먹이던 모습이 지금도 눈앞에 생생하다.

어쩌면 자식을 정상적으로 성장시켜 정상인으로 살게 하겠다는 절절한 기구의 심사가 김성년 시인의 머릿속은 물론 가슴속 깊이 자리하여 그가 특별히 신봉하는 '님'을 매개로 현상계와 영계, 또 삶과 죽음을 넘나드는 정신세계로 그를 인도했던 것 같아 본고에서도 김성년 시인의 시 인생을 논하면서 특정 종교를 떠나 〈피안과 차안을 공유한 영원한 님 바라기〉로 제하였다.

가엾은 영혼아
누가 널더러 이 땅의 포로라 했더냐
누가 널더러 이 땅의 형벌을 감당하라 했더냐

아담이 버리고 간 능금나무 밑에
앙상한 뼈마디 위로하며
살점마다 묻어나는 피울음소리

그러나 살아야지
가난한 삶의 조각들을 끌어 모아
얼어붙은 빈 가슴이 채워질 수 있다면
기도하는 마음으로 부끄럽지 않게
살아야지 하면서도 내 헛된 눈물은
슬픈 꽃잎으로 시들어 허무히 흩날리고

이 세상 누구와 정다운 말 한 마디 나누었던가
이 세상 누구와 따슨 눈물 한 점 나누었던가

이 천형의 동산에서 나는 목마르다

– 시집 《내 사랑하는 님 그리워하며》 수록, 〈천형의 동산에서〉 전문

어쩌면 이 시 도입부에서 "누가 널더러 이 땅의 포로라 했더냐/ 누가 널더러 이 땅의 형벌을 감당하라 했더냐" 고 안쓰럽기만 했던 자식을 회상하며 나약한 인간으로서 감내할 수밖에 없던 현실을 직시하며 "아담이 버리고 간 능금나무 밑에/ 앙상한 뼈마디 위로하며/ 살점

마다 묻어나는 피울음소리"를 들으면서 "가난한 삶의 조각들을 끌어 모아/ 얼어붙은 빈 가슴이 채워질 수 있다면/ 기도하는 마음으로 부끄럽지 않게/ 살아야지"라고 다짐하는 모습이 더욱 목마르게 다가온다.

김성년 시인은 1998년 한국문인협회 의정부지부 지부장에서 물러난 뒤 노원구에서 시인이며 평론가이신 김남석 선생님을 모시고 마들문학회(노원문인협회)를 결성하여 지역문단에 기여하는가 싶더니 어느 틈에 평생직장인 경찰서에도 사표내고 2000년 말 본격적인 잡지제작에 참여하겠다며 '공무원문학' 등록과 창간에 협조해 달라고 부탁해 오는 것이었다. 필자의 우호인쇄소인 윤일문화사에 공장등록증을 부탁하고 잡지사 등록서류를 부지런히 준비하여 2001년 3월 13일에 문화부에 잡지등록을 마치고 3월 하순에 창간한 『공무원문학』은 김성년 시인의 잡지인생과 문학인생에 커다란 전환점이 되지 않았나 싶다. 『공무원문학』의 지속적인 발간에 이어 공무원문인협회도 결성하여 운영하고 공무원문학상도 제정하여 시상하더니 자신감이 생겼는지 아예 '태극'이라는 출판사도 설립하여 출판사업에도 진출하는 것이 아닌가. 필자 또한 김성년 시인의 열정에 열심히 조언하고 출판 인쇄에 관한 세부사항을 알려주느라 여념이 없었는데 어느 정도 안정이 되고 필자의 도움 없이도 제대로 운영해 나갈 즈음 필자가 사무실을 을지로에서 종로구 부암동으로 옮기게 되었고 다시 홍대 인근 서교동으로 옮기면서 조우가 뜸해지더니 최근 수

년간엔 전혀 소식을 모르고 지낸 듯싶다.

나 어디에 있든지
이 모습 그대로
당신의 것이옵니다

내 옷섶에 묻은 서러운 이야기도
굶주림에 눈물 젖은 빵 한 조각도
당신의 것이옵니다

때로는 어둠에 가리어
하늘의 별을 볼 수 없을지라도
때로는 더러워진 입술로
당신의 이름을 부를 수 없을지라도

이 모습 이대로 당신의 것이옵니다

– 시집 《내 사랑하는 님 그리워하며》 수록, 〈이 모습 이대로〉 전문

늘상 형과 아우로서 인생을 공유하자던 김성년 시인, 삶의 변화라야 새로울 것도 없고 떨어져 있어도 이심전심으로 마음에 새기고 있다고 말해 왔던 김 시인을 그 언젠가 모처에서 만났을 때 "딸들이 과년해서 혼사가 있을 법한데 국수나 나눠먹자"던 필자의 장난기 어린 질문에 빙긋이 미소만 보내던 푸근하고 편안한 모습이 지금도 눈에 선하다. 자신은 남들의 수많은 청첩에 응해 왔으면서 정작 자신의 딸들 혼사에는 필자마저 초대하

지 않고 지극히 조촐하게 혼사를 치렀다는 큰딸의 최근담을 듣고서 남에게는 조금의 피해도 끼치지 않겠다는 유별난 그의 이타심에 왠지 모를 안타까운 심정이 앞선다. 그리고 "나 어디에 있든지/ 이 모습 그대로/ 당신의 것이옵니다// 내 옷섶에 묻은 서러운 이야기도/ 굶주림에 눈물 젖은 빵 한 조각도/ 당신의 것이옵니다"를 도입부로 하여 "때로는 어둠에 가리어/ 하늘의 별을 볼 수 없을지라도/ 때로는 더러워진 입술로/ 당신의 이름을 부를 수 없을지라도// 이 모습 이대로 당신의 것이옵니다"로 귀결한 위 시 〈이 모습 이대로〉가 더욱 가슴 따뜻하게 다가온다.

> 하늘 저 멀리/ 송이구름 피어나고/ 에덴의 푸른 동산 가는 길이/ 저 어딘가 있으련만/ 아직도 그 길을 찾지 못하여/ 아롱지는 눈물꽃// 가진 것 금과 은은 없을지라도/ 때 묻지 않은 빈 접시에/ 내게 주신 세월 다 바치고/ 처마 밑 마루턱에 앉아/ 에덴의 푸른 동산을 바라봅니다// 기약 없는 세월 속에/ 지친 삶의 마른 목숨 지탱하며/ 허무와 절망의 안개 속을/ 정처 없이 떠도는 자여// 어디선가/ 나의 이름을 부르며/ 달려와 주실 것만 같은/ 에덴의 푸른 동산을 바라보면/ 빈 마음 빈 자리에 채워지는/ 사랑의 메아리// 오늘도/ 긴 그림자 하나/ 저문 해를 지웁니다
>
> – 시집 《푸른 동산 가는 길》 수록, 표제시 전문

위 시 2연의 "가진 것 금과 은은 없을지라도/ 때 묻지

않은 빈 접시에/ 내게 주신 세월 다 바치고/ 처마 밑 마루턱에 앉아/ 에덴의 푸른 동산을 바라봅니다" 에서 그저 담담하게 삶을 관조하는 김성년 시인의 온후한 모습을 그려보게 되는데 삶과 함께 그 누구도 죽음을 피할 수는 없는 것 아닌가. 하이데거와 나치의 관계에서 나치가 죽음을 어떤 식으로 선동했는지는 몰라도 "기약 없는 세월 속에/ 지친 삶의 마른 목숨 지탱하며/ 허무와 절망의 안개 속을/ 정처 없이 떠도는 자여" 라 호명하는 저 문장 앞에서는 주춤할 수밖에 없으리라. 어떤 편안함과 함께 소멸이 있다는 것, 어떻게 하든 그것을 피할 수 없다는 사실이 주는 도리어 큰 안도감. 하이데거가 '탁월한 닥침' 이라는 말로 표현하려 했던 현존의 가능근거로서의 죽음일진대 죽음을 곁에 두고 담담하게 살라는 가르침이라고나 할까.

내 어릴 적
끝없이 바라보던 저 하늘
언젠가는 내가 돌아가야 할 꿈동산
누군들 저 하늘만은 빼앗아가지 못하리라

내 어린 생명의 실뿌리가 자랐었고
내 아가의 티 묻지 않은 탯줄이 묻혀 있는 곳
그곳은 영원한 내 생명의 고향마을

지금 이곳은
유배된 땅 형벌의 거리에

나는 잠시 머물러 있을 뿐
언젠가는 돌아가야 할 내 고향

누군들 저 하늘만은 짓밟지 못하리라
누군들 저 하늘만은 빼앗아가지 못하리라

– 본 유고시집 표제시 〈누군들 저 하늘만은 빼앗아가지 못하리라〉 전문

이제 고인으로 회억되는 김성년 시인. 인간이 현재적 시간성의 존재라는 것은 무엇이며 어떤 것인가. 인간이 현재적 시간성의 존재라는 것은 인간의 존재, 정신, 심령, 사유, 감성, 행위, 존속이 현재적 시간성에서 존재하고 존속하며 실행하고 행위로 표출될진대 영원과 무시간적인 사유와 감성으로 존속한다는 것은 무엇이며 어떤 것인가를 새삼 깊이 생각해 보며 김성년 시인께서 영원의 안식처로 택한 저 하늘만은 그 누구도 빼앗아가지 못하리라 확신하면서 명복 인사 한 마디 남겨 본다.

“김성년 시인 형님, 부디 그 누구도 넘보지 않는 형님의 본향 하늘에서 오래도록 명복을 누리소서.”

김성년 유고시집
누군들 저 하늘만은 빼앗아가지 못하리라

지은이 / 김성년
발행인 / 김영란
발행처 / 한누리미디어
디자인 / 지선숙
•
04043, 서울시 마포구 잔다리로 35, 2층(서교동, 서운빌딩)
전화 / (02)379-4514, 379-4519
Fax / (02)379-4516
E-mail/hannury2003@hanmail.net
•
신고번호 / 제300-2006-61호
등록일 / 1993. 11. 4
•
초판발행일 / 2016년 3월 31일
•

•
값 9,000원
•

ISBN 978-89-7969-718-6 03810